바보 이반

레프 톨스토이
바보 이반

기예르모 데쿠르헤즈 그림

곽나연 옮김

편집자의 말

바보 이반의 우화는 러시아의 구전 민화에 뿌리를 두고 있습니다. 이탈로 칼비노가 이탈리아 민화들을 모았듯이 레프 톨스토이는 자기 나라 민화들을 수집했습니다. 톨스토이는 이 이야기들을 교과서 부교재로 만들어 읽고 쓰지 못하는 농민들이 글을 깨치게 하는 데 쓰려는, 다분히 교육적인 의도를 품고 있었던 것 같습니다.

톨스토이는 자신이 이룬 가장 중요한 업적으로 교육자 역할을 꼽았을 만큼 교육을 중시했습니다. 특히 그에게는 '건강한 몸에 건강한 정신이 깃든다'는 확고한 신념이 있었습니다. 그래서 정규 수업을 체육 수업으로 대체하거나 교실보다 정원에서 수업하기를 더 좋아했습니다. 또 그가 가르친 내용 중에서 핵심적인 부분은 자신과 이웃에 대한 존중에 바탕을 둔 것이었습니다.

바보 이반의 우화에서는 한편으로 노동의 윤리적 측면과 그 결실을 함께 나누는 행위로 대표되는 선한 기운, 그리고 다른 한편으로 끝도 없는 투기, 부의 축적, 전쟁으로 발현된 악의 기운이 서로 대립하는 상태로 나타납니다. 결국, 악의 기운은 자신을 아는 데서 비롯한 단순한 지혜를 갖춘 주인공의 행적을 통해 사랑의 여러 형태 중 하나인 나눔에 굴복합니다.

이 책을 번역하면서 되도록 서구식 표현을 피하려고 했습니다. 원본의 맥락을 고려한 연관성이나 수사적 표현에 주목하지 않고는 책에 담긴 내용을 생생히 전달하기 어렵다고 판단했기 때문입니다. 그래서 톨스토이가 태어나기 전 러시아 시골 마을에서 유래된 한 인물의 이야기가 넓디넓은 베르사유 궁전 정원의 화려한 분위기로 전달되지 않도록 조심했습니다. 예전에 사용하던 낱말도 그대로 가져다 써서 그 시절 러시아의 황량한 분위기가 잘 살아날 수 있게 했습니다.

바보 이반과 그의 두 형제,
전사 세묜과 배불뚝이 타라스,
말 못 하는 그의 여동생 말라니아,
그리고 한 늙은 악마와 세 꼬마 악마에 관한 이야기

옛날 아주 머나먼 왕국의 머나먼 지방에 한 부유한 농부가 살았습니다. 그에게는 전사 세묜과 배불뚝이 타라스, 그리고 바보 이반이라는 세 아들과 말하지 못하는 노처녀 딸 말라니아가 있었습니다. 전사 세묜은 왕을 모시고 전쟁터에 나갔고, 배불뚝이 타라스는 장사하러 상인들을 따라 도시로 떠났으며, 바보 이반은 여동생과 함께 집에 남아 등이 휘도록 일했습니다.

군대에서 공을 세운 전사 세묜은 높은 계급과 땅을 하사받아 어느 귀족의 딸과 결혼했습니다. 그는 수입도 많고 땅도 많았지만 늘 쪼들렸습니다. 왜냐하면 그가 돈을 두 손 가득 벌어들여도 그의 아내가 다 써버려 남은 것이 하나도 없었기 때문입니다. 전사 세묜은 백성에게서 소작료를 더 많이 거둬들이려고 했습니다. 그러자 부하 관리인이 울먹이며 이렇게 말했습니다.

"돈이 나올 데가 있어야죠. 우리에게는 가축도 곡식도 없고, 말도 소도 없고, 쟁기도 써레도 없으니 말입니다. 먼저 이런 것들을 농부들에게 마련해주셔야 합죠. 농부들이 농사를 지어야 세금이든 소작료든 나오지 않겠습니까."

전사 세묜은 아버지를 찾아갔습니다.

"아버지는 부자이시면서도 제게 한 푼도 주신 적이 없습니다. 아버지 재산에서 삼분의 일만 제 몫으로 물려주세요."

늙은 아버지가 말했습니다.

"아들아, 너는 지금껏 우리 집안을 위

해 아무것도 한 일이 없는데, 왜 내 재산 삼분의 일을 네게 줘야 하느냐? 그러면 이반과 네 여동생이 언짢아할 거야."

세몬이 대답했습니다.

"이반은 바보이고, 여동생은 말도 못하고 듣지도 못하는 노처녀잖아요? 왜 그 애들에게 재산이 필요합니까?"

아버지가 말했습니다.

"그렇다면 이반의 말을 들어보자."

이반에게 생각을 묻자 그는 이렇게 말했습니다.

"괜찮아요, 형님이 원하시는 대로 가져가시라고 하세요."

전사 세몬은 제 몫을 챙겨 재산을 불려 놓고, 왕을 모시러 떠났습니다.

배불뚝이 타라스도 돈을 많이 모아 부유한 상인의 딸과 결혼했습니다. 하지만 그 정도로는 만족할 수 없어 아버지를 찾아가 말했습니다.

"제게도 제 몫의 재산을 나눠주세요."

타라스에게도 재산을 나눠주고 싶지 않았던 아버지는 이렇게 말했습니다.

"네가 우리에게 해준 것은 아무것도 없고, 집에 있는 것들은 모두 이반이 열심히 일해서 가져온 것뿐이지 않으냐. 게다가 나는 그 아이와 네 여동생을 언짢게 하고 싶지 않구나."

타라스가 대답했습니다.

"그 아이는 바보여서 아무도 시집오려고 하지 않으니 결혼도 못 할 텐데, 왜 재산이 필요합니까? 말 못 하는 여동생도 마찬가지로 아무것도 필요 없잖아요."

그리고 동생 이반에게 말했습니다.

"이반, 내게 곡식의 절반만 다오. 농기구는 필요 없고, 가축 중에서 저 잿빛 망아지만 가져가겠다. 네가 밭을 가는 데 별로 도움이 되지도 않을 테니 괜찮지?"

이반이 웃으면서 말했습니다.

"좋아요, 그러면 말에 마구를 씌워서 형님께 드릴게요."

이렇게 타라스도 제 몫을 챙겼습니다. 타라스는 곡식을 싣고, 잿빛 망아지를 끌고 도시로 떠났습니다. 그리고 이반은 전과 다름없이 집에 남아 늙은 암말 한 마리로 밭을 갈며 일해서 아버지와 어머니를 모셨습니다.

7

늙은 악마는 형제들이 재산 분배로 싸우지 않고 사이좋게 헤어지자 화가 치밀었습니다. 그래서 세 마리 꼬마 악마를 불러 모아놓고 말했습니다. "봐라! 저기 전사 세몬, 배불뚝이 타라스, 그리고 바보 이반이라는 세 형제가 있다. 보통 사람들은 아버지 재산을 더 많이 가지려고 서로 싸우고 원수가 돼야 하는데, 빵 한 쪽도 나눠 먹을 정도로 사이좋게 지내고 있거든. 바보 이반 녀석이 모든 걸 망쳐 버렸어. 너희 셋이 가서 각자 형제 한 사람씩 맡아 서로 치고받고 싸우게 해라. 할 수 있겠지?"

"물론입니다." 꼬마 악마들이 대답했습니다.

"어떻게 할 작정이냐?"

"이렇게 하겠습니다. 우선 먹을 것이 하나도 없도록 저 녀석들을 빈털터리로 만들겠어요. 그런 상태로 형제들이 한데 모이면 반드시 서로 싸우게 될 거예요."

"그래, 좋아. 너희는 해야 할 일을 잘 알고 있는 것 같구나. 자, 어서 떠나라. 그 녀석들을 혼란에 빠뜨리기 전에는 돌아오지 않는 편이 나을 것이다. 만약 실패한다면, 다시 일어나지 못할 정도로 몽둥이찜질을 해줄 테니까!"

꼬마 악마들은 늪으로 가서 누가 어떤 일을 맡을지 의논했습니다. 저마다 더 쉬운 일을 맡으려고 한동안 티격태격 한 끝에 제비뽑기로 누가 누구를 맡을지 정하

기로 했습니다. 그리고 먼저 일을 끝내면 미처 일을 끝내지 못한 형제 악마들을 도우러 가기로 했습니다. 악마들은 제비를 뽑고 나서 늪에서 다시 모일 날짜를 정했고, 누가 일을 끝냈는지 누가 누구의 일을 도울지는 그날 다시 이야기하기로 했습니다.

약속한 날이 되자, 꼬마 악마들은 다시 늪에 모였습니다. 그리고 그동안 무슨 일을 어떻게 했는지 이야기했습니다. 먼저, 전사 세몬에게서 돌아온 첫 번째 꼬마 악마가 이야기를 시작했습니다.

"내 일은 착착 진행되고 있어. 세몬은 내일 아버지를 만나러 가게 될 거야."

다른 악마들이 물었습니다.

"어떻게 했는데?"

"나는 우선 세몬의 배짱이 두둑해지게 만들었어. 그랬더니 그 녀석이 왕 앞에 나서서 자기가 세계를 정복해서 공을 세우겠다고 허풍을 떨지 않겠어? 왕은 그 녀석을 사령관으로 임명해서 인도의 왕과 싸우도록 전쟁터로 보냈지. 결국, 세몬의 군대와 인도 왕의 군대는 전쟁터에서 대결하게 됐어. 그런데 바로 그날 밤에 나는 세몬 군대의 탄약을 물에 젖게 해놓고는 인도의 왕에게로 가서 밀짚으로 엄청난 수의 군인들을 만들어준 거야. 세몬의 군대는 사방에서 공격하는 밀짚 병사들을 보자 겁에 질려버렸지. 전사 세몬이 발포를 명령했지만, 탄약이 물에 젖었으니 대포도 소총도 제대로 작동하지 않았어! 세몬의 군대는 겁먹은 새끼 양들처럼 달아났고, 인도 왕은 그들을 쫓아가 쳐부쉈어. 전사 세몬의 명예는 땅에 떨어졌고 영지도 빼앗겼어. 게다가 내일 아침이면 사형이 집행될 참이야. 내게

는 딱 하루 치 일만 남았어. 바로 그 녀석을 감옥에서 꺼내서 집으로 도망치게 하는 일 말이야. 내일이면 모두 끝날 테니, 너희 둘 중 누가 도움이 필요한지 말이나 해봐."

이번에는 타라스에게서 돌아온 두 번째 꼬마 악마가 그동안 자기가 한 일을 이야기했습니다.

"나는 도움이 필요 없어. 내 일도 잘되고 있거든. 타라스는 앞으로 일주일을 버티기도 어려울 거야. 나는 뭣보다도 먼저 그 녀석 배에 바람을 잔뜩 불어넣어서 시샘이 많아지게 했지. 어느 정도냐 하면 다른 사람의 물건을 보면 그게 뭐든 똑같은 걸 사지 않고는 못 견디게 만든 거야. 이것저것 엄청나게 사들이다 보니 가진 돈을 다 써 버렸는데도 여전히 물건에 대한 욕심을 버리지 못해 이제는 빚까지 지고도 계속해서 사들이고 있어. 감당하지 못할 정도로 많은 물건에 파묻혀서 어떻게 빠져나와야 할지 모를 정도야. 앞으로 일주일 뒤에는 돈을 갚아야 할 날이 돌아

오는데, 나는 그 녀석이 쌓아놓은 물건들에 쇠똥을 뿌려서 아예 못 쓰게 만들 참이야. 그러면 녀석은 빚을 갚을 수 없을 테니, 어쩔 수 없이 아버지를 찾아가 도움을 청하겠지."

두 번째 악마는 말을 마치자 이반에게서 돌아온 세 번째 악마에게 물었습니다.

"그런데 네 일은 어때?"

"내 일은 그다지 잘 풀리지 않아. 나는 우선 그 녀석 배가 아프게 하려고 호밀 맥주 통 안에 침을 뱉어놓고, 그 녀석의 밭으로 가서 흙을 돌처럼 딱딱하게 만들어서 아무것도 할 수 없게 해놓았지. 그러면 쓸데없이 힘쓰지 않으리라 생각했는데, 그 바보는 쟁기를 가져와서 땅이 푸석푸석해질 때까지 쉬지 않고 밭을 가는 게 아니겠어? 배가 아파 쩔쩔매면서도 밭을 가는 거야. 그래서 이번에는 내가 그 녀석 쟁기를 부러뜨렸지. 그랬더

니, 그 바보는 집으로 가서 다른 쟁기에 나뭇가지를 대고 새끼줄로 튼튼하게 감은 다음 그걸로 다시 밭을 갈기 시작한 거야. 그래서 이번에는 내가 땅속으로 들어가 쟁기날을 꼭 붙잡고 꼼짝 못 하게 했어. 그래도 어쩔 도리가 없었다니까. 녀석이 쟁기를 힘으로 세게 눌러대는 데다가 쟁기날이 몹시 날카로워서 나는 손만 베었지. 녀석은 벌써 밭을 거의 다 갈았고, 이제 겨우 한 고랑밖에 남지 않았어. 그러니 너희가 와서 나를 좀 도와줘. 그 녀석을 해치우지 못하면, 우리 일이 모두 허사가 되고 말 거야. 만약 그 바보가 농사일을 계속한다면, 다른 형제들도 고생할 리가 없지. 동생이 두 형을 먹여 살릴 테니까 말이야."

전사 세 문을 맡았던 꼬마 악마가 다음 날 셋째 꼬마 악마를 도우러 가기로 약속하고 나서 그들은 헤어졌습니다.

III

그동안 버려두었던 밭을 거의 다 갈고 한 고랑만 남자, 이반은 어서 일을 끝내고 싶어 밭으로 나갔습니다. 호밀 맥주를 마신 뒤로 배가 아팠지만 밭은 갈아야 했습니다. 이반이 밭을 한 번 갈고 나서 쟁기 방향을 돌려 반대쪽으로 나아가려고 하는데 갑자기 쟁기가 나무뿌리에라도 걸렸는지 꼼짝도 하지 않았습니다. 꼬마 악마가 땅속에서 두 발로 쟁기날을 꽉 잡은 채 버티고 있었던 거죠.

'참 희한한 일이야! 여기에는 나무뿌리가 없었는데, 지금은 꼭 뭐가 있는 것 같단 말이야.' 하고 이반은 생각했습니다.

이반이 땅속에 손을 넣어 더듬어보니, 뭔가 물컹한 것에 손이 닿았습니다. 이반은 그것을 움켜쥐고 힘껏 잡아당겨 땅 위로 꺼냈습니다. 그것은 검은 나무뿌리처럼 생겼는데, 한쪽이 꿈틀하고 움직이는 게 아니겠습니까? 자세히 보니 그것은 바로 살아 있는 악마였습니다.

"이런 구역질나는 녀석 같으니!"

이반은 악마를 번쩍 들어 쟁기에 대고 내동댕이치려고 했습니다. 그러자 꼬마 악마가 꽥꽥거리며 소리쳤습니다.

"제발 저를 내던지지 말아주세요! 뭐든지 원하시는 대로 해드릴게요!"

"네가 대체 뭘 할 수 있는데?"

"뭐든 말씀만 하세요."

이반은 머리를 긁적이며 말했습니다.

"나는 지금 배가 몹시 아픈데 네가 낫

게 해줄 수 있어?"

"물론이죠."

"좋아, 그럼 어디 한번 해봐."

꼬마 악마는 밭 위로 고개를 숙이고 손톱으로 땅을 파서 뭔가를 더듬어 찾더니 세 갈래로 갈라진 뿌리를 뽑아 이반에게 건네주며 말했습니다.

"여기 있어요. 누구든지 이 뿌리를 먹으면 아픈 곳이 나을 거예요."

이반은 뿌리를 받아 한 갈래를 찢어 먹었습니다. 그러자 복통이 씻은 듯이 사라졌습니다.

꼬마 악마가 애원했습니다.

"이제 저를 풀어주세요. 땅속에 들어가서 다시는 나쁜 짓을 하지 않겠습니다."

"좋아, 정 그렇다면 풀어주마. 네게 신의 가호가 있기를."

이반이 '신'이라는 말을 꺼내기가 무섭게 꼬마 악마는 물속으로 가라앉는 조약돌처럼 순식간에 땅속으로 사라졌고, 그 자리에는 작은 구멍만이 남았습니다. 이반은 남은 두 갈래 뿌리를 모자에 꽂은 채 밭을 갈아 일을 끝내고 쟁기를 엎어 놓은 뒤에 말을 끌고 집으로 돌아갔습니다.

이반이 집 안으로 들어가니, 전사 세묜과 그의 아내가 저녁을 먹고 있었습니다. 영지를 빼앗기고 감옥에서 간신히 도망쳐 아버지 집에 살러 온 것이었습니다.

"우리가 살 곳을 찾을 때까지 여기서 지내려고 왔으니 그동안 나와 내 아내에게 먹을 것을 다오."

"그래요, 여기서 지내세요."
이반이 막 자리에 앉으려는데, 열심히 일하고 돌아온 그의 몸에서 나는 땀냄새가 귀부인을 언짢게 한 것 같았습니다. 부인이 남편에게 말했습니다.
"여보, 나는 냄새나는 농사꾼과 같은 자리에 앉아서 식사할 수 없어요."
전사 세몬이 이반에게 말했습니다.

"내 아내가 네게서 나는 냄새가 싫다고 하니, 너는 문간에 앉아서 먹어라."
"네, 그럴게요. 어차피 말을 끌고 목초지에 갈 시간이에요. 지금쯤 말도 배가 고플 테니까요."
이반은 말이 풀을 뜯어 먹게 하려고 빵과 작업복을 들고 어둠이 내린 벌판으로 나아갔습니다.

21

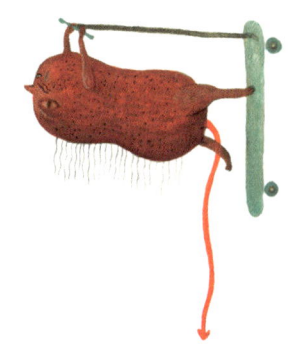

IV

그날 밤 세폿을 맡은 꼬마 악마는 자기 임무를 마치고, 약속했던 대로 이반을 맡은 꼬마 악마를 도와 그 바보를 괴롭히려고 찾아왔습니다. 하지만 밭으로 가서 형제 악마를 찾아봤지만, 그는 어디에서도 보이지 않았고, 단지 밭에 작은 구멍만이 남아 있을 뿐이었습니다. 악마는 생각했습니다.

'맙소사! 형제 악마에게 뭔가 좋지 않은 일이 생긴 모양이야. 아무래도 내가 그의 임무를 맡아야 할 것 같군. 바보가 밭을 다 갈았으니, 이제 곡식을 거두는 곳으로 갔겠지. 그리로 가서 그를 골탕 먹이자.'

꼬마 악마는 들판으로 가서 이반의 밭을 물에 잠기게 했습니다. 추수를 앞둔 들판은 진흙투성이가 돼버렸습니다.

밤새 가축을 방목하고 새벽에야 돌아온 이반은 자루가 긴 낫을 들고 추수를 하러 밭으로 갔습니다. 낫을 한 번 휘두르고 또 한 번 휘둘렀을 뿐인데, 날이 무뎌져서 풀을 벨 수가 없었습니다. 아무리 애써도 소용없었습니다. 날을 가는 수밖에 없었습니다.

"집에 가서 숫돌과 빵을 가져와야겠어. 일주일이 걸리더라도 풀을 모두 베기 전에는 절대로 집에 돌아가지 않을 거야."

이 말을 들은 꼬마 악마는 걱정되기 시작했습니다.

"이 녀석은 미련한 데다 고집까지 세

구나! 다른 방법을 찾아야겠어."

이반은 숫돌을 가지고 돌아와 낫을 갈고 다시 풀을 베기 시작했습니다. 꼬마 악마는 풀숲에 숨어 들어가 발뒤꿈치로 낫을 꽉 붙들어서 낫 끝이 계속해서 땅에 처박히게 했습니다. 이반은 힘들었지만, 풀베기를 멈추지 않았습니다. 마침내 늪의 한 부분만이 남았습니다. 꼬마 악마는 늪 속으로 숨어 들어가며 생각했습니다.

'한쪽 다리가 잘려 나가더라도 바보가 추수를 마치게 내버려두지 않겠어.'

이반이 늪으로 들어와 보니 풀이 무성하지도 않은데 낫이 좀처럼 들지 않았습니다. 이반은 화가 나서 온 힘을 다해 낫을 휘둘렀습니다. 꼬마 악마는 뒷걸음질 쳤지만, 미처 달아날 여유조차 없었습니다. 일이 잘 풀리지 않은 꼬마 악마는 작은 덤불 속으로 몸을 숨겼습니다. 이반이 낫을 힘껏 휘둘러 풀을 쳐내자 악마의 꼬리가 절반이나 잘려 나갔습니다. 풀베기를 끝내고 나서 이반은 여동생에게 이삭을 털게 하고는 호밀밭으로 향했습니다.

이반이 큰 낫을 들고 밭에 도착했을 때는 꼬리 잘린 꼬마 악마가 먼저 도착해 호밀을 마구 짓밟아놓은 뒤였기에 별다른 도리가 없었습니다. 이반은 집에 돌아가서 이번에는 작은 낫 하나를 가져와 호밀을 베기 시작했습니다. 수확을 마치고 이반은 이렇게 말했습니다.

"자 이제 귀리를 베어야지."

꼬리가 잘린 꼬마 악마는 이 말을 듣고 생각했습니다.

'호밀밭에서는 이 녀석을 괴롭히는 흉내조차 못 냈으니 내일 귀리밭으로 가봐야겠다. 일단 아침까지 기다리자.'

꼬마 악마는 아침이 되기가 무섭게 귀리밭으로 달려갔지만, 귀리는 이미 모두 베어진 뒤였습니다. 낟알을 덜 떨어뜨리려고 이반이 밤새 베었던 것이죠. 꼬마 악마는 몹시 화가 났습니다.

"이 바보는 내 꼬리를 잘라놓은 것도 모자라 이제는 내게 골탕을 먹이기까지 하는구나! 전쟁터에서도 이런 낭패를 본 적은 없었어! 저 지긋지긋한 녀석은 잠도 자지 않으니 내가 뭔가를 시도해볼 시간조차 없어! 이번에는 호밀 짚단에 들어가서 모두 썩게 해보자."

꼬마 악마는 호밀 짚가리 속으로 파고 들어가 짚단을 썩히기 시작했습니다. 그런데 호밀 짚단이 잘 썩도록 따뜻하게 데우는 사이에 자기 몸도 따뜻해져서 그만 깊은 잠에 빠지고 말았습니다.

그사이 이반은 말에 수레를 매고 여동생과 함께 짚단을 실으러 왔습니다. 이반은 호밀 짚가리로 가서 짚단을 수레에 던져 넣기 시작했습니다. 두 단을 던져 올리고 나서 갈퀴를 짚가리에 깊이 찔러 넣자, 이번에는 꼬마 악마의 등이 찔렸습니다. 이반이 갈퀴를 들어올려 살펴보니 꼬리 잘린 꼬마 악마가 도망치려고 버둥거

리고 있었습니다.

"이 구역질나는 녀석! 너 아직도 여기 있었구나?"

"아니, 저는 다른 악마예요. 전에 보신 녀석은 제 형제입니다. 저는 나리의 형님인 세몬 어르신한테 붙어 있었습니다."

"좋아, 하지만 네가 어떤 녀석이건 간에 본때를 보여줘야겠어."

이반이 꼬마 악마를 짐수레 모서리에 내동댕이치려 하자, 그가 애원했습니다.

"저를 놓아주세요! 다시는 안 그러겠습니다. 그리고 뭐든지 원하시는 대로 들어 드리겠습니다!"

"네가 뭘 할 수 있는데?"

"어떤 물건이든 병사로 변하게 할 수 있습니다."

"그까짓 게 무슨 쓸모가 있단 말이냐?"

"어떤 일이든 원하시는 대로 시키실 수 있습니다. 이 병사들은 어떤 일이건 할 줄 알거든요."

"노래도 부를 수 있단 말이냐?"

"물론입니다."

"좋아, 그럼 한번 만들어 봐."

그러자 꼬마 악마가 말했습니다.

"호밀 단 하나를 들고 그 끝을 땅에 대고 흔들면서 이렇게 말하면 됩니다. '내 종이 명하노니, 다발이 아니라 지푸라기 수만큼 병사가 돼라.'"

이반은 호밀 단 하나를 들고 땅을 향해 흔들면서 꼬마 악마가 일러준 대로 말했습니다. 그러자 짚단에서 흩어진 지푸라기들이 하나하나 병사로 변하더니 이반이 보는 앞에서 북을 치고 나팔을 불었습니다. 이반은 웃음을 터뜨렸습니다.

"재주가 대단한데! 이걸 보면 처녀들이 아주 좋아하겠어."

"그럼, 이제 저를 풀어주세요."

"안 돼. 호밀 짚을 병사로 만들면 곡식을 얻을 수가 없잖아. 낟알을 털어야 하니 원상태로 되돌리는 방법을 알려줘."

그러자 꼬마 악마가 말했습니다.

"이렇게 말씀하세요. '병사의 수만큼 지푸라기가 돼라. 내 종이 명하노니, 다시 다발이 돼라!'"

이반이 그렇게 말하자 병사들은 다시 짚단으로 변했습니다. 그러자 꼬마 악마가 다시 애원했습니다.

"저를 놓아주세요."

"좋아."

이반은 꼬마 악마를 짐수레 모서리에 걸쳐놓고 한 손으로 꽉 붙잡은 뒤, 갈퀴에서 빼줬습니다.

"네게 신의 가호가 있기를."

이번에도 이반이 '신'이라는 말을 꺼내자마자 꼬마 악마는 물속에 가라앉는 돌멩이처럼 땅속으로 사라졌고 그 자리에는 작은 구멍만이 남았습니다.

이반이 집으로 돌아가서 보니 둘째 형 배불뚝이 타라스가 아내와 함께 저녁 식사를 하고 있었습니다. 빚을 갚지 못한 타라스는 빚쟁이들을 피해 아버지에게 와 있던 것입니다. 타라스는 이반을

보자 말했습니다.

"이반, 내가 가진 물건들을 전부 팔아 돈을 모으는 동안 네가 나와 내 아내에게 먹을 것을 줘야겠다."

"그래요. 여기에서 지내세요."

이반이 작업복을 벗고 식탁에 앉았습니다. 그러자 상인의 아내가 말했습니다.

"저는 바보와 같이 밥을 먹을 수 없어요. 땀 냄새로 몸이 썩을 것만 같아요."

배불뚝이 타라스가 말했습니다.

"이반, 네게서 나는 냄새가 좋지 않다고 하니, 너는 문간에서 먹어야겠다."

"네, 그렇게 할게요."

이반은 빵을 들고 밖으로 나가면서 말했습니다.

"마침 가축들을 벌판으로 데려가 풀을 뜯어 먹게 할 시간이에요. 말한테도 먹이를 줘야 하고요."

그날 밤 타라스를 맡았던 꼬마 악마가 자기 일을 마치고 약속했던 대로 친구들을 도와 바보 이반을 골려주러 왔습니다.

밭에 도착해서 형제들을 열심히 찾았지만 아무도 보이지 않았고, 단지 작은 구멍만이 눈에 띄었습니다. 그리고 풀밭에서는 악마의 꼬리와 또 다른 구멍을 발견했습니다. 꼬마 악마는 생각했습니다.

'이럴 수가! 형제들에게 뭔가 나쁜 일이 일어났나 봐. 내가 형제들을 대신해서 바보를 혼내줘야겠어.'

꼬마 악마는 이반을 찾아 나섰습니다. 그때 이반은 이미 추수를 마치고 숲에서 나무를 베고 있었습니다. 집이 너무 비좁다고 느낀 형제들이 이반에게 나무를 베어 새로 집을 짓게 했던 거죠.

숲으로 달려간 꼬마 악마는 나무 위로 올라가서 이반이 나무를 쓰러뜨리지 못하게 훼방을 놓으려고 했습니다. 이반은 도끼로 밑동을 몇 번 찍어서 나무를 숲 바깥쪽으로 쓰러지게 하려고 했지만, 제멋대로 움직이더니 엉뚱한 방향으로 쓰러지다가 다른 나무에 걸리고 말았습니다. 이반은 지렛대를 만들어 나무를 다른 방향으로 돌려서 간신히 쓰러뜨렸습니다. 이어서 다른 나무를 자르려고 했는데 조금 전과 똑같은 상황이 벌어졌습니다. 이반은 이번에도 온갖 수단을 동

원해서 간신히 나무를 쓰러뜨렸습니다. 세 번째 나무를 벨 때도 역시 마찬가지였습니다. 이반은 새집을 짓는 데 필요한 통나무를 쉰 개쯤 준비하려고 했지만, 나무를 열 그루도 베지 못한 채 밤을 맞았습니다.

이반은 지칠 대로 지쳤습니다. 마치 숲속에 안개가 피어나듯이 몸에서 김이 모락모락 올라왔지만, 일손을 멈추지 않았습니다. 나무 한 그루를 더 쓰러뜨리고 나자 기운이 완전히 빠졌고, 등이 몹시 아팠습니다. 이반은 도끼를 내려놓고 잠시 쉬려고 바닥에 주저앉았습니다. 꼬마 악마는 이반이 일을 멈춘 것을 보고 기뻐하며 생각했습니다.

'잘됐다, 힘이 빠져서 그만두려나 보다. 이제 나도 쉴 수 있겠구나.'

꼬마 악마는 만족해서 나뭇가지에 걸터앉았습니다. 하지만 그 순간, 이반이 벌떡 일어나 도끼를 힘차게 휘둘러 꼬마 악마가 앉아 있던 나무를 내리치자, 우지끈! 소리를 내며 나무가 쓰러졌습니다. 꼬마 악마가 미처 일어나기도 전에 벌어진 일이어서 피할 겨를도 없었습니다. 악마의 한쪽 다리가 그만 부러진 나뭇가지에 끼고 말았습니다.

이반은 잔가지를 정리하기 시작한 지 얼마 지나지 않아 꿈틀거리는 악마를 발견했습니다. 물론 깜짝 놀랐죠.

"이 구역질나는 녀석! 또 너구나?"

"저는 다른 악마예요. 저는 나리의 형님 타라스 어르신에게 붙어 있었어요."

"흥, 네가 어떤 녀석이든 나한테 혼 좀 나야겠어."

이반이 도끼를 치켜들고 도끼 등으로 내리치려고 하자, 꼬마 악마가 애원했습니다.

"제발 절 때리지 마세요. 뭐든지 원하

시는 걸 해드릴게요."

"네가 뭘 할 수 있는데?"

"원하시는 만큼 돈을 만들어드릴 수 있어요."

"좋아, 그럼 어디 한번 만들어봐."

그러자 악마가 이반에게 이렇게 알려줬습니다.

"저기 있는 떡갈나무 잎을 손바닥으로 비벼보세요. 그러면 거기서 금화가 쏟아질 거예요."

이반은 잎을 여러 장 들고 비벼봤습니다. 그러자 정말로 금화가 쏟아졌습니다.

"아이들을 데려와서 함께 놀기에 아주 좋겠군."

"저를 좀 풀어주세요." 꼬마 악마가 말했습니다.

"좋아."

이반은 나뭇가지를 들어올려 꼬마 악마가 빠져나가게 해줬습니다.

"신께서 너와 함께하시길 빌어주마."

이반이 '신'이라는 말을 꺼내자마자, 꼬마 악마는 물속에 가라앉는 돌멩이처럼 땅속으로 사라졌고, 그 자리에는 작은 구멍만이 남았습니다.

VI

형제들은 이반이 새로 지어준 집에서 살게 됐습니다. 그사이에 이반은 밭일을 마치고 맥주를 충분히 만든 뒤에 형제들을 잔치에 초대했습니다. 하지만 형제들은 이반의 집에 오지 않았습니다.

"농부들 잔치라니 형편없겠지." 형제들이 말했습니다.

이반은 마을 농부들과 여자들을 초대해 극진히 대접하고 자기도 술을 마셨습니다. 그리고 취기가 오르자 집밖으로 나왔습니다. 이반은 춤추던 처녀들에게 다가가 노래를 불러달라고 했습니다.

"내게 노래를 불러주면 아가씨들이 지금까지 한 번도 본 적이 없었을 것을 줄게요."

여자들은 깔깔대고 웃고 나서 이반에게 노래를 불러줬습니다. 그리고 노래를 마치자 이반에게 말했습니다.

"자, 이제 그걸 주세요."

"네, 곧 가져올게요."

이반은 바구니를 들고 숲으로 뛰어갔습니다.

"그러면 그렇지, 바보라니까!"

여자들이 웃으며 말했습니다. 그리고

는 이반이 했던 약속도 까맣게 잊어버렸습니다.

하지만 잠시 후 이반이 돌아왔을 때 바구니에는 뭔가가 가득 들어 있었습니다.

"자, 이제 선물을 줄까요?"

"물론이죠. 주세요."

이반은 바구니 안에 들어 있던 금화를 한 줌 쥐어 여자들을 향해 뿌렸습니다. 그러자 여자들은 금화를 주우려고 서로 밀치며 달려들었습니다. 그야말로 온통 난리가 났습니다! 농부들도 몰려들어 너도나도 금화를 뺏으려고 했습니다.

어떤 할머니는 그 북새통에 하마터면 밟혀 죽을 뻔했습니다. 이반이 웃으면서 사람들을 향해 말했습니다.

"이런, 바보들! 왜 할머니를 밟아요? 할머니보다 금화가 더 중요하다고 생각하는 거예요? 그깟 금화는 얼마든지 있어요. 내가 금화를 더 줄 테니 싸우지 말고 다들 진정해요."

이반은 금화를 더 많이 뿌렸습니다. 더 많은 사람이 몰려들어 이반은 바구니에 들어 있던 금화를 모두 나눠줬습니다. 사람들이 더 달라고 아우성쳤지만, 이반은 이렇게 말했습니다.

"이게 다예요. 다음에 더 드리죠. 이제 금화는 잊고 모두 춤추고 노래해요."

마을 처녀들은 노래를 부르기 시작했습니다.

"그런데 여러분이 부르는 노래는 별로 좋지 않네요."

"그럼, 어떤 노래가 좋아요?"
"내가 보여드리죠."
이반은 곡물 창고로 가서 호밀 다발을 꺼내 낟알을 털어냈습니다. 그리고 짚단을 세운 뒤에 툭! 치고는 이렇게 소리쳤습니다.
"자, 밀짚 수만큼 병사가 돼라!"
그러자 짚단이 튀어 오르듯 흩어지면서 병사로 변하더니 북을 치고 나팔을 불기 시작했습니다. 이반은 병사들에게 노래를 부르라고 명령하고 그들을 데리고 거리로 나왔습니다. 사람들은 깜짝 놀랐습니다. 노래를 마치자, 이반은 아무도 따라오지 못하게 하고는 병사들을 데리고 곡물 창고로 돌아갔습니다. 그런 뒤에 다시 병사들을 짚단으로 만들어 거기 쌓여 있던 건초 더미 위로 던져놓았습니다. 그리고 집으로 돌아온 이반은 작은 마구간에서 잠에 곯아떨어졌습니다.

VII

다음 날 아침, 큰형 전사 세몬이 그날 일어난 사건 이야기를 듣고 이반을 찾아왔습니다.

"이반, 대체 그 병사들을 어디서 데려왔고, 어디로 데려갔는지 내게 말해다오."

"그걸 알아서 뭘 하려고요?"

"뭘 하다니, 그게 무슨 소리냐? 병사들만 있다면 뭐든지 가질 수 있지. 나라를 손에 넣을 수도 있어."

이반은 깜짝 놀랐습니다.

"예? 그렇다면 진작 말씀하시지 그랬어요. 형님이 원하시는 만큼 병사들을 만들어드릴게요. 다행히도 동생과 제가 추수한 밀에서 낟알을 모두 털어놓았으니까요."

이반은 형을 곡물 창고로 데려가 말했습니다.

"제가 병사들을 만들어드리면 반드시 마을 밖으로 데리고 나가셔야 해요. 병사들을 먹여 살리려면 하루 만에 온 마을 식량이 바닥날 테니까요."

전사 세몬이 병사들을 데리고 떠나겠다고 약속하자 이반은 병사를 만들기 시작했습니다. 짚단 하나를 툭! 치자 중대 하나가 나타났고, 다른 짚단을 치자 두 번째 중대가 나타났습니다. 이반은 벌판을 가득 채울 만큼 병사들을 많이 만들었습니다.

"이만하면 충분한가요?"

세몬이 무척 기뻐하며 말했습니다.

"충분해. 고맙다, 이반."

"별말씀을요. 더 필요하시면 또 오세요. 더 만들어드릴게요. 요즘은 짚이 많이 있으니까요."

전사 세몬은 병사들에게 명령을 내려 집합시키고 전쟁터로 떠났습니다.

그가 떠나자마자 배불뚝이 타라스가 찾아왔습니다. 그도 어제 일어난 일을 전해 듣고는 동생에게 비밀을 알려달라고 졸랐습니다.

"솔직히 말해다오. 네가 어디서 그 많은 금화를 가져왔는지 말이야. 내게 그만한 돈이 있다면 세상 모든 걸 가질 수 있을 텐데."

이반은 깜짝 놀랐습니다.

"네? 그렇다면 진작 말씀하시지 그랬어요. 금화를 원하시는 만큼 만들어드릴게요."

동생의 말을 듣고 형 타라스가 매우 기뻐하며 말했습니다.

"적어도 바구니 세 개를 가득 채워줬으면 좋겠구나."

"좋아요. 함께 숲으로 가요. 말에 수레를 달고 가세요. 그러지 않으면 모두 가져오기 어려울 거예요."

숲에 도착하자 이반은 떡갈나무 잎을 따서 손으로 비볐습니다. 그러자 금화가 산더미처럼 쏟아져 바닥에 쌓였습니다.

"자, 이만하면 충분한가요?"

타라스가 무척 기뻐하며 말했습니다.

"일단, 이만하면 충분하구나. 고맙다, 이반."

"별말씀을요. 더 필요하시면 또 오세요. 더 만들어드릴게요. 나뭇잎은 얼마든지 있으니까요."

배불뚝이 타라스는 수레에 금화를 가득 싣고 장사하러 떠났습니다.

그렇게 두 형제가 모두 떠났습니다. 세몬은 전쟁을 하고 타라스는 장사를 했습니다. 전사 세몬은 다른 나라를 정복했고 배불뚝이 타라스는 돈을 많이 벌었죠.

하루는 세몬과 타라스가 만나 이야기하던 중 세몬이 어떻게 병사들을 얻었는지, 타라스가 어디서 돈을 얻었는지 서로 알게 됐습니다.

전사 세몬이 동생에게 말했습니다.
"나는 어느 나라를 정복해서 잘살고 있지만, 병사들을 먹여 살릴 돈이 부족하구나."
그러자 배불뚝이 타라스가 맞장구쳤습니다.
"저는 엄청난 부자가 됐지만 한 가지 곤란한 점이 있다면, 그 돈을 지킬 사람이 없다는 거예요."
전사 세몬이 말했습니다.
"우리 동생 이반을 만나러 가자. 나는 병사를 더 만들어달라고 해서 네돈을 지키게 해줄 테니, 너는 금화를 만들어달라고 해서 내 병사들을 먹일 돈을 마련하는 거지."

두 형제는 동생을 만나러 갔습니다. 이반의 집에 도착하자 세묜이 말했습니다.

"동생아, 내게 병사가 부족하니 더 만들어줘야겠다. 적어도 짚단 두 개만큼의 병사가 더 필요해."

이반은 고개를 저으며 말했습니다.

"이제 더는 형님에게 병사를 만들어드리지 않겠어요."

"안 된다니, 그게 무슨 말이냐? 약속했잖니!"

"네, 약속했죠. 하지만 더는 만들지 않겠어요."

"왜 안 된다는 거냐, 이 바보야!"

"왜냐면 형님 병사들이 사람들을 때려 죽였기 때문이에요. 얼마 전 제가 밭을 갈고 있는데 한 여자가 수레에 관을 싣고 가면서 흐느끼는 걸 봤어요. 제가 물었죠. '누가 죽었나요?' 그러자 그 여자는 '세묜의 병사들이 전쟁터에서 내 남편을 때려죽였어요'라고 대답하는 게 아니겠어요? 저는 병사들이 노래나 부르는 줄 알았는데, 사람을 죽을 때까지 때리다니, 그건 참을 수 없는 일이에요. 이제 더는 형님을 위해 병사들을 만들지 않겠어요."

이반은 형의 부탁을 단호히 거절하고 끝내 병사를 만들어주지 않았습니다.

배불뚝이 타라스도 바보 이반에게 금화를 더 만들어달라고 했습니다.

이번에도 이반은 고개를 저었습니다.

"이제 더는 형님을 위해 금화를 만들지 않겠어요."

"만들지 않는다니, 그게 무슨 말이냐? 약속했잖니!"

"네, 약속했죠. 하지만 더는 만들지 않겠어요."

"왜 안 된다는 거냐, 이 바보야?"

"왜냐면 형님의 금화가 미하일로브나의 암소를 빼앗아 갔기 때문이에요."

"내가 어떻게 빼앗았단 말이냐?"

"미하일로브나에게는 암소가 한 마리 있어서 아이들이 우유를 마음껏 마실 수 있었는데, 어느 날인가 그 아이들이 제게 와서 우유를 딜라고 하시 않겠어요? 그래서 제가 물었죠. '너희 집 암소는 어디 있는데?' 그러자 아이들이 제게 말했어요. '배불뚝이 타라스의 부하가 우리 집에 와서 어머니에게 금화 세 닢을 주고 암소를 가져갔어요. 그래서 이제는 우유를 마실 수 없어요.' 저는 형님이 금화를 가지고 재미있게 놀려고 하시는 줄 알았는데, 아이들에게서 암소를 빼앗다니요. 이제 더는 만들어드리지 않겠어요!"

바보 이반은 고집을 부리며 끝내 금화를 만들어주지 않았습니다. 그래서 형들은 빈손으로 돌아갈 수밖에 없었습니다. 돌아가는 길에 두 형제는 어떻게 이 곤란한 문제를 해결할지 의논했습니다.

세몬이 말했습니다.

"이렇게 해보자. 네가 나한테 내 병사들을 먹일 식량을 살 수 있게 돈을 주면, 나는 네게 돈을 지킬 수 있게 나라와 군대의 절반을 주는 거야."

타라스는 좋다고 했습니다. 그렇게 각각의 몫을 나누고 나자 형제는 둘 다 왕이면서 부자가 됐습니다.

VIII

그동안 이반은 집에서 살며 아버지와 어머니를 돌보고, 말 못 하는 여동생과 함께 밭에서 일했습니다. 하루는 이반의 집 앞에서 늙은 떠돌이 개 한 마리가 온 몸에 옴이 올라 아파서 죽을 지경이 됐습니다. 이 개를 불쌍히 여긴 이반은 여동생에게 빵 한 조각을 달라고 해서 모자 속에 넣어 가지고 가서 개에게 던져 줬습니다. 그런데 모자가 너무 낡아 구멍이 뚫려 있어서 전에 넣어뒀던 나무뿌리 한 갈래도 빵과 함께 떨어졌습니다. 개는 걸신들린 듯이 빵과 함께 뿌리도 집어삼켰습니다. 그런데 그 뿌리를 먹자마자 개가 갑자기 펄쩍펄쩍 뛰며 장난치고 짖으며 꼬리를 흔들었습니다. 병이 나았던 것입니다.

이 장면을 본 이반의 부모님은 깜짝 놀랐습니다.

"이반, 어떻게 개의 병을 낫게 했니?"

그러자 이반이 대답했습니다.

"제게는 어떤 병이든 고칠 수 있는 나무뿌리가 두 갈래 있었는데, 그중 하나를 개가 삼켰어요."

그때 마침 왕의 딸이 큰 병에 걸렸습니

다. 왕은 온 도시와 마을에 알리기를, 누구든 공주의 병을 낫게 하는 사람에게는 상을 내리고, 만약 그 사람이 총각이라면 공주와 결혼시키겠다고 했습니다. 이반의 마을에도 이 소식이 전해졌습니다.

부모님은 이반에게 말했습니다.

"왕의 말씀을 들었느냐? 네게 그런 뿌리가 있다고 하니 공주님의 병을 고치러 가거라. 그러면 너는 평생 행복하게 살 수 있을 거야."

"그럴게요."

이반은 떠날 채비를 했습니다. 그런데 옷을 갖춰 입고 밖으로 나가다가 문 앞에서 손이 굽어버린 거지와 마주쳤습니다.

"나리께서 병을 낫게 해주실 수 있다고 들었습니다. 제발 제 손을 고쳐주세요. 이대로는 혼자서 신발도 신지 못한답니다."

이반이 말했습니다.

"알았어요."

이반은 뿌리를 꺼내 거지에게 주고 먹으라고 했습니다. 거지가 뿌리를 먹자마자 병이 나았고, 손을 움직일 수 있게 됐습니다. 이반과 함께 왕에게 가려고 집을 나서던 부모님은 이반이 하나 남았던 뿌리를 거지에게 줘버려서 이제는 공주를 치료할 방법이 없다는 것을 알게 됐습니다.

부모님은 아들을 나무랐습니다.

"거지가 불쌍해서 그랬다고? 그러면, 공주님은 불쌍하지 않다는 거냐?"

그러자 이반은 공주가 불쌍하다는 생각이 들었습니다. 그는 말에 수레를 달고 상자 하나를 짚으로 채운 다음, 떠날 채비를 했습니다. 부모님이 그에게 물었습니다.

"도대체 어디를 가려는 거냐, 이 바보 녀석아."

"공주님의 병을 고치러 가요."

"하지만 이젠 고칠 방도가 없잖니!"

"괜찮아요."

이반은 이렇게 말하고 길을 떠났습니다. 이반이 왕의 궁에 도착해서 문간에 발을 들이기만 했는데도 공주의 병은 씻은 듯이 나았습니다. 오랫동안 간직했던 뿌리의 기운이 이반에게 스며들었던 덕분인지도 몰랐습니다. 왕은 무척 기뻐하며 이반을 자기 앞으로 데려오게 했습니다. 그리고 좋은 옷을 주고 상을 내리며 말했습니다.

"자네는 내 사위가 될 걸세."

"알겠습니다."

이반은 공주와 결혼했습니다. 그리고 얼마 지나지 않아 왕이 세상을 뜨자 이반이 왕이 됐습니다. 이렇게 세 명의 형제 모두 왕이 됐습니다.

IX

세 형제는 각각 자기 나라를 다스리며 살았습니다.

맏형인 전사 세묜은 잘살았습니다. 그에게는 지푸라기 병사만이 아니라 진짜 병사도 있었습니다. 온 나라에 명을 내려서 열 집마다 한 명씩 병사를 모집했는데, 키도 크고, 몸매도 보기 좋고, 얼굴도 잘생기고 말끔해야 했습니다. 그는 이런 식으로 많은 병사를 모집해서 훈련시켰습니다.

세묜은 뭐든 자기 뜻대로 하려 했습니다. 만약 반대하는 사람이 있으면 군대에 보내 혼을 내줬습니다. 그래서 모든 사람이 그를 두려워했습니다.

세묜은 생활도 풍족했습니다. 그가 원하거나 그의 눈에 들기만 해도 곧바로 그의 것이 됐습니다. 병사들을 보내 원하는 것은 뭐든 빼앗아 오게 했습니다.

배불뚝이 타라스도 잘살았습니다. 그는 이반에게서 받은 돈을 다 써버리지도 않았고, 돈을 불리고 또 불렸습니다. 그리고 자기 돈은 금고에 넣어둔 채 보기에만 그럴 듯한 법을 만들어 백성에게서 더 많은 세금을 걷어갔습니다. 보드카, 맥주, 결혼, 장례, 통행, 나막신, 각반, 노끈 등 어떤 것에든 세금을 붙여 걷어가는 통에 심지어 숨쉬는 데에도 세금을 내야 할 거라는 소문이 돌 지경이었습니다.

타라스는 자기가 원하는 것은 뭐든 손에 넣었습니다. 사람들은 돈이 필요했기에 돈만 준다면 무슨 물건이든 가져왔고, 무슨 일이든 하러 왔습니다.

바보 이반의 생활도 나쁘지 않았습니다. 그는 장인의 장례를 치르고 나자마자 입고 있던 왕복을 벗어 아내에게 주고 옷궤에 넣어 보관하게 했습니다. 그리고 왕이 되기 전에 입던 삼베 웃옷과 반바지 차림에 샌들을 신고 밭으로 일하러 나갔습니다.

"따분해서 견딜 수 없군. 게다가 배가 나오기 시작하니 먹을 수도 없고 잠을 잘 수도 없어."

이반은 부모님과 여동생을 불러들여 다시 함께 일을 시작했습니다. 신하들이 그에게 말했습니다.

"하지만 폐하는 왕이 아니십니까!"

"할 수 없지, 왕도 먹어야 사니까."

어느 날 재상이 그에게 아뢰었습니다.

"신하들에게 봉급으로 줄 돈이 남아 있지 않습니다."

"할 수 없지, 돈을 주지 말도록 해라."

"그러면 신하들이 일을 하려 들지 않을 겁니다."

"할 수 없지, 일하지 않아도 좋아. 그러면 오히려 더 자유롭게 자기 일을 할 수 있을 거야. 다들 퇴비나 치우면 되겠네. 꽤 많이 모였으니 말이야."

한번은 사람들이 판결을 내려달라고 이반을 찾아왔습니다. 그중 한 사람이 말했습니다.

"저 사람이 제 돈을 훔쳐 갔습니다."

그러자 이반이 대답했습니다.

"할 수 없지, 저 사람은 돈이 필요했던 거야."

이렇게 이반이 바보라는 사실을 모든 백성이 알게 됐습니다.

왕비가 이반에게 말했습니다.

"모두 당신을 바보라고 해요."

이반이 대답했습니다.

"할 수 없지!"

이반의 아내는 생각하고 또 생각했지만, 남편의 태도가 옳은지 그른지 알 수 없었습니다. 사실은 왕비도 약간 바보스러운 사람이었습니다. 왕비는 중얼거렸습니다.

"어떻게 내 남편을 거역할 수 있겠어? 바늘 가는 데 실 가는 법이지."

왕비도 왕비복을 벗어 옷궤에 넣은 뒤, 이반의 말 못 하는 여동생을 찾아가 농사일을 배우겠다고 했습니다. 그렇게 일을 배우고 나서 남편을 도왔습니다.

이반의 나라에서 똑똑한 사람들은 모두 다른 나라로 떠나버렸고, 바보들만이 남았습니다. 권력이 있는 사람도, 돈이 있는 사람도 그 나라에는 없었습니다. 사람들은 누구나 땀흘려 일해서 스스로 먹고살았고, 일을 할 수 없는 사람들에게 먹을 것을 나눠줬습니다. 그렇게 모두가 서로 도와가며 함께 살아갔습니다.

늙은 악마는 꼬마 악마들이 삼 형제를 어떻게 망가뜨렸는지 소식이 오기만을 눈이 빠지게 기다렸지만, 소용없는 일이었습니다. 그래서 사정을 직접 알아보기로 하고 길을 나섰습니다. 늙은 악마는 사방으로 찾아봤지만, 어디서도 꼬마 악마들의 모습은 보이지 않았고, 오직 세 개의 작은 구멍만을 발견했을 뿐이었습니다. 악마는 생각했습니다.

'이런, 아무래도 일을 망친 모양이야. 내가 직접 나서는 수밖에 없겠군.'

악마는 삼 형제를 찾아갔지만, 예전 그곳에서는 아무도 찾을 수 없었습니다. 결국, 늙은 악마는 각기 다른 왕국에서 왕이 돼 있는 형제들을 찾아냈습니다. 늙은 악마는 심술이 났습니다.

"이렇게 됐으니 내가 손을 써야겠군!"

늙은 악마는 먼저 세몬 왕을 찾아갔습니다. 그는 자기 모습을 버리고 장군으로 변신해 세몬 왕 앞에 나타났습니다.

"세몬 왕이시여, 소신은 폐하가 위대한 장수라는 소문을 전해 들었고, 그 소문이 사실임을 믿어 의심치 않습니다. 폐하를 섬길 수 있게 소신을 거둬주소서."

세몬 왕은 그에게 이것저것 물어보고 나서 그가 영리한 사람이라고 판단해서 부하로 삼았습니다.

부하가 된 늙은 악마는 세몬 왕에게 어

떻게 하면 강한 군대를 만들 수 있는지, 그 방법을 알려줬습니다.

"첫째, 더 많은 병사를 모아야 합니다. 이 나라에는 한가롭게 지내는 사람이 꽤 많던데, 그것은 좋지 않습니다. 이것저것 가릴 것 없이 모든 젊은이를 군인으로 만들어야 합니다. 그러면 폐하의 병력은 지금보다 다섯 배로 늘어날 것입니다.

둘째, 새로운 소총과 대포를 만들어야 합니다. 한번 쏘면 총알 백 발이 마치 콩알처럼 한꺼번에 발사되는 소총을 소신이 만들어 폐하께 바치겠습니다. 그리고 한번 쏘면 사람이든, 말이든, 성벽이든, 어떤 목표물이든 대번에 불태워버리는 대포를 만들어 올리겠습니다."

세몬 왕은 신임 장군의 말을 듣고 나라의 모든 미혼 청년을 입대시키라고 명령했습니다. 그리고 새로운 공장을 지어 생산한 신식 소총과 대포로 무장한 군대를 지휘하며 이웃 나라로 쳐들어갔습니다. 이웃 나라 군대가 맞서 싸우러 나오자 세몬 왕은 병사들에게 총과 대포를 쏘라고 명령했습니다. 순식간에 적군 병력의 절반이 총에 맞고 불길에 휩싸여 사라졌습니다. 이웃 나라의 왕은 깜짝 놀라 항복하고 자기 나라를 바쳤습니다. 세몬 왕은 기분이 무척 좋았습니다.

"자 이제 인도를 처부수러 가자!"

하지만 인도의 왕은 세몬 왕이 쳐들어온다는 소문을 듣고 그의 전략을 알아낸 뒤, 거기에 자기 생각까지 보태 방어책을 세웠습니다. 그는 젊은 미혼 남성뿐 아니라 미혼 여성까지 병사로 만들어 그의 군대는 세몬 왕의 군대보다 훨씬 더 크고 강력해졌습니다. 게다가 세몬 왕의 공격에 대비해서 소총과 대포를 사들였고, 병사들이 하늘을 날면서 공중에서 폭탄을 떨어뜨리는 방법도 고안했습니다.

세몬 왕이 인도로 쳐들어갔습니다. 지난번 전쟁처럼 손쉽게 이길 수 있으리라 생각했으나 막상 전쟁이 벌어지고 보니 사정이 예상과 달랐습니다. 인도의 왕은 세몬 왕의 군대가 소총으로 공격할 수 있는 곳까지 접근하지 못하게 해놓고, 여자들을 하늘에 띄워 세몬의 군대에 포탄을 떨어뜨리게 했습니다. 여자들은 적군의 머리 위를 날면서 마치 바퀴벌레 떼에 붕산 가루를 뿌리듯이 포탄을 퍼부었습니다. 세몬의 군대는 산산이 흩어졌고, 나중에는 세몬 왕만이 남았습니다. 인도의 왕은 세몬의 왕국을 빼앗았고, 전사 세몬은 빈털터리가 돼 달아났습니다.

늙은 악마는 이렇게 맏형 세몬을 해치우고 나서 타라스 왕을 찾아갔습니다. 그는 상인으로 변장해서 타라스의 나라에 자리를 잡고 상점을 열고는 돈을 뿌려댔습니다. 어떤 물건이든 값을 후하게 쳐줬기에 사람들은 돈을 벌려고 이 상인에게로 몰려들었습니다. 돈이 많아지자 사람들은 타라스 왕에게 그동안 밀렸던 빚을 모두 갚고, 세금도 모두 기한이 되기 전에 낼 수 있었습니다.

타라스 왕은 매우 기뻐하며 생각했습니다.

'이 상인 덕분에 내 돈이 불어나는구나. 이제 난 더 잘살게 되겠군.'

타라스 왕은 여러 가지 새로운 계획을 세웠고, 새 궁전도 짓기로 했습니다. 왕은 목재와 석재를 직접 가져와 일하는 백성에게 품삯을 많이 주겠다고 공표했습니다. 타라스 왕은 예전처럼 많은 사람이 돈을 벌려고 몰려오리라고 예상했습니다. 하지만 목재와 석재는 모두 상인에게로 팔려갔고, 일꾼들도 모두 그에게로 가서 일했습니다. 타라스 왕이 품삯을 올리면 상인은 그보다 더 많은 품삯을 쳤습니다. 타라스 왕은 돈을 많이 가지고 있었지만, 상인은 그보다 돈이 더 많았기에 왕이 제시한 것보다 더 많은 품삯을 줄 수 있었던 것입니다. 그래서 왕의 궁전 공사는 그대로 중단되고 말았습니다.

타라스 왕은 정원과 텃밭을 만들 계획

을 세웠습니다. 타라스 왕은 백성에게 텃밭에 와서 씨앗을 뿌리라고 했지만 아무도 나타나지 않았습니다. 모두 상인에게로 가서 과일을 따고 있었기 때문입니다.

겨울이 오자 타라스 왕은 새 코트를 만들려고 담비 가죽을 사고자 했습니다. 그래서 신하를 보냈더니 그가 돌아와 왕에게 이렇게 아뢰었습니다.

"그 상인이 쓸 만한 가죽은 죄다 사들여서 시장에 흑담비 가죽이 하나도 없습니다. 그자는 그걸 비싼 값에 사들여 양탄자를 만들었다고 합니다."

타라스 왕은 망아지를 사야 했습니다. 그래서 신하를 보내 사 오게 했더니, 그가 돌아와 왕에게 이렇게 아뢰었습니다.

"그 상인이 쓸 만한 망아지는 죄다 사들여서 자기 연못을 채울 물을 길어 나르고 있다고 합니다."

이처럼 왕의 모든 계획이 틀어졌습니다. 아무도 왕을 위해 일하지 않았고, 모두 상인을 위해 일했습니다. 백성은 상인에게서 번 돈으로 왕에게 세금만을 냈습니다. 왕에게는 돈이 자꾸만 쌓여서 그것을 보관할 장소도 부족할 지경이었지만, 살기는 어려워졌습니다. 결국, 왕은 모든 새로운 계획을 포기한 채 그럭저럭

살아가기만을 바랐지만, 그마저도 불가능한 일이 돼버렸습니다. 모든 면에서 삶이 불편해졌습니다. 요리사와 마부와 하인마저 상인에게로 갔습니다. 점점 식량이 부족해졌습니다. 시장으로 물건을 사러 보냈지만, 아무것도 살 수 없었습니다. 상인이 모든 것들을 사들였고, 백성은 왕에게 세금만을 바쳤습니다.

타라스 왕이 화가 나서 상인을 국경 밖으로 쫓아냈습니다. 하지만 상인은 국경 바로 옆에 자리를 잡고, 하던 일을 계속했습니다. 백성은 상인의 돈을 얻으려고 원래 왕에게 가야 했던 모든 것을 그에게 가져갔습니다. 왕의 상황은 몹시 나빠졌습니다. 며칠간 한 끼도 못 먹었고, 상인이 왕비를 돈으로 사고 싶다며 우쭐대는 장면을 봤다는 사람들의 이야기마저 들렸습니다. 깜짝 놀란 왕은 어찌해야 좋을지 몰랐습니다. 마침 그때 맏형 전사 세몬이 그를 찾아와 말했습니다.

"타라스, 나를 좀 도와줘. 전쟁에서 인도의 왕에게 지고 말았어."

하지만 타라스 왕 역시 자기 앞가림하기도 어려운 상황이었습니다.

"저도 이틀이나 굶었다고요."

XI

　늙은 악마는 이반의 두 형을 곤경에 빠뜨리고 나서 마지막으로 이반을 보러 갔습니다. 장군으로 변장하고 이반을 찾아간 늙은 악마는 이반에게도 군대를 만들도록 설득하려고 했습니다.
　"왕께서 군대도 없이 나라를 통치하시다니 당치도 않습니다. 명령만 내려주시면 제가 폐하의 백성 중에서 병사들을 소집해 군대를 만들어드리겠습니다."
　그가 말을 마치자 이반이 말했습니다.
　"좋아. 어디 한번 해보시오. 하지만 그들이 노래를 잘 부르도록 가르쳐야 하오. 난 노래를 좋아하니까."
　늙은 악마는 이반의 왕국을 돌아다니며 지원병을 모으기 시작했습니다. 군대에 들어오면 누구나 말끔하게 면도한 얼굴로 다니게 해주고, 보드카 한 병과 빨간 모자를 나눠주겠다고 약속했습니다. 바보들은 웃었습니다.
　"술이라면 얼마든지 있어, 우리가 직접 술을 빚으니까. 그리고 모자는 여자들이 만들어주지. 알록달록한 모자든, 술 장식이 달린 모자든, 우리가 원하는 대로!"
　이처럼 군대에 들어오려는 사람은 아무도 없었습니다. 늙은 악마는 할 수 없이 이반에게 돌아가 말했습니다.
　"폐하의 나라 백성은 모두 바보여서 아무도 군대에 가려고 하지 않습니다. 그러니 강제로 모으는 수밖에 없습니다."
　"할 수 없군. 그러면 강제로 모아보시오." 이반이 대답했습니다.

늙은 악마는 바보들에게 가서 모든 백성은 병사가 돼야 하고, 반대하는 자는 사형에 처할 것이라고 전했습니다.

그러자 바보들이 장군에게 와서 물었습니다.

"장군님은 우리가 병사가 되지 않으면 사형당할 거라고 겁을 줬죠. 하지만 정작 병사가 됐을 때 우리가 어떻게 될지는 말해주지 않았어요. 사람들이 그러는데, 병사가 되면 군대에서 죽을 때까지 맞는다고 하던데, 사실인가요?"

"그래, 그런 일이 일어날 수도 있지."

그 말을 듣자, 바보들은 고집스럽게 말했습니다.

"우리는 군대에 가지 않겠어요. 군대에 가서 맞아 죽느니 차라리 이대로 집에서 사형당하는 편이 나으니까요. 어찌 됐든 죽음을 피할 수 없다면 말이죠."

"너희는 정말 바보로구나! 병사는 죽을 수도 있고, 살 수도 있어. 하지만 군대에 가지 않으면 이반 왕에게 처형당해 반드시 죽게 돼." 늙은 악마가 소리쳤습니다.

바보들은 곰곰이 생각하더니 바보 이반에게 물어보러 갔습니다.

"장군은 우리가 모두 병사가 돼야 한다고 말합니다. 게다가 '군대에 가면 죽을 수도 있고 살 수도 있지만, 안 가면 왕이 반드시 너희를 죽일 거야'라고도 했어요. 그의 말이 사실말입니까, 폐하?"

이반이 웃음을 터뜨렸습니다.

"대체 나 혼자 어떻게 너희를 모두 죽일 수 있단 말이냐? 내가 바보가 아니라면 너희에게 설명해줄 수 있으련만, 나조

차도 이해할 수가 없구나."

"그럼, 우리는 군대에 가지 않겠습니다."

"좋아. 군대에 가지 마라."

바보들은 장군에게 가서 병사가 되지 않겠다고 했습니다.

늙은 악마는 일이 자기 마음대로 되지 않는다는 사실을 알고, 이번에는 잔인한 티무타라칸 왕을 찾아가 아첨을 떨었습니다.

"전쟁을 일으켜 이반 왕을 무찌릅시다. 그 나라에는 돈이 없을 뿐, 곡식이며 가축이며 다른 것들이 얼마든지 있으니까요."

잔인한 티무타라칸 왕은 전쟁에 나섰습니다. 거대한 군대를 조직하고, 대포를 정비하고, 국경을 넘어 이반의 왕국으로 진격해 왔습니다. 부하들이 이반 왕에게 와서 이 사실을 알렸습니다.

"티무타라칸 왕이 우리와 싸우려고 쳐들어오고 있습니다!"

"할 수 없지, 쳐들어오고 싶으면 쳐들어오는 수밖에."

티무타라칸 왕은 군대를 이끌고 국경을 넘은 뒤 선발대를 보내 이반 군대의 동정을 살피게 했습니다. 하지만 아무리 찾아봐도 군대가 보이지 않았습니다. 적군이 어디엔가 숨어 있다가 갑자기 나타날지도 몰라 기다리고 또 기다렸지만, 군대에 대해서는 소문조차 들리지 않았고, 전쟁하려고 해도 상대가 없었습니다.

잔인한 왕은 병사들을 보내 힘으로 마을을 점령하게 했습니다. 병사들이 어느 마을에 도착하자, 바보 남자와 바보 여자

무리가 나타나 신기하다는 듯이 병사들을 바라봤습니다. 병사들은 바보들에게서 힘으로 곡식과 가축을 빼앗았습니다. 하지만 바보들은 아무 저항 없이 그들이 원하는 것을 다 내주고는 함께 살자고까지 했습니다.

"당신네 나라에서 살기 힘들면, 여기서 우리와 함께 살아요."

병사들은 계속해서 앞으로 나아갔지만, 어디에서도 군대를 볼 수 없었습니다. 단지 그곳 백성은 자기 뜻대로 살면서 자기가 재배한 채소와 곡식을 먹었고, 쳐들어온 병사들에게도 먹을 것을 나눠 줬고, 대립이나 저항도 없이 오히려 함께 살자고 했습니다.

싸울 의지를 잃어버린 병사들은 왕에게 가서 이렇게 말했습니다.

"저희는 여기서 싸울 수가 없습니다. 다른 곳으로 보내주십시오. 적군과 전쟁이라도 한다면 모를까, 이건 꼭 물렁물렁한 젤리를 자르는 것 같습니다. 여기서 더는 싸울 수 없습니다."

티무타라칸 왕은 단단히 화가 나서 온 나라를 가로질러 가면서 모든 마을을 짓밟고, 곡식을 불태우고, 가축을 몰살하라고 명령했습니다.

"내 명령에 복종하지 않으면, 그 대가를 치르게 될 것이다!"

병사들은 깜짝 놀라 왕의 명령을 따랐습니다. 집과 곡식을 불태우고, 가축을 죽였습니다. 바보들은 저항할 줄도 모르고 그저 울기만 했습니다. 할아버지도 울고, 할머니도 울고, 아이도 울었습니다.

"왜 우리를 괴롭히는 거죠? 왜 선의에 악행으로 보답하는 건가요? 원하는 것이 있다면 그냥 가져가면 되는데……."

병사들은 기분이 나빠졌습니다. 군대는 앞으로 나아가지 못하고, 병사들은 뿔뿔이 흩어졌습니다.

67

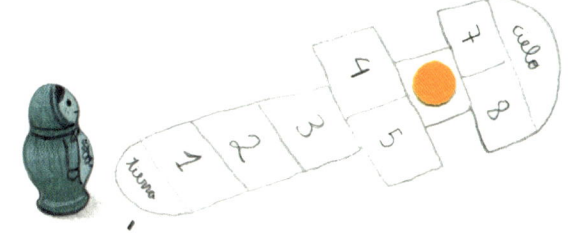

XII

늙은 악마도 포기했습니다. 병사들로는 이반을 굴복시킬 수 없었기 때문입니다.

그래서 이번에는 멋쟁이 신사로 변신해 이반의 나라에 살러 갔습니다. 배불뚝이 타라스에게 했던 것처럼 돈으로 이반을 홀려보기로 작정했던 것입니다.

"나는 여러분에게 좋은 일을 하려고 왔습니다. 여러분에게 쓸모있는 지식을 전해주려고 합니다. 여기에 집을 짓고, 좋은 풍습을 들여와 그걸 가르쳐주려고 하는 거예요."

사람들이 말했습니다.

"그거 좋군요. 여기서 살도록 하세요."

그날 밤이 지나고 다음 날 아침이 되자 멋쟁이 신사는 금화 한 자루와 종이 한 장을 들고 광장에 나와 이렇게 말했습니다.

"여러분은 지금 모두 돼지처럼 살고 있어요. 어떻게 살아야 하는지, 내가 알려주겠습니다. 이 설계도에 따라 집을 지으세요. 여러분이 내 지시에 따라 일하면 품삯을 금화로 드리겠습니다."

늙은 악마는 번쩍번쩍하는 금화를 보여줬습니다. 바보들은 깜짝 놀랐습니다. 그때까지는 필요한 물건을 서로 바꾸거나, 필요한 일을 서로 해주며 살았을 뿐, 돈이라는 것을 본 적이 없었기 때문입니다. 바보들은 금화를 보고 감탄했습니다.

"와! 정말 예쁜 물건인데!"

바보들은 그 반짝이는 금화를 가지고 싶어 신사에게 물건을 가져와서 바꾸기도 하고, 그를 위해 일도 했습니다. 늙은 악마는 타라스의 나라에서 그렇게 했듯

이 금화를 마구 뿌려댔습니다. 사람들은 금화를 얻으려고 온갖 물건을 가져왔고, 그가 시키면 어떤 일이든 했습니다.

늙은 악마는 좋아서 어쩔 줄 모르며 생각했습니다.

'드디어 해냈어! 내가 전에 타라스에게 했던 것처럼 이 바보 녀석도 속속들이 타락하게 해야지!'

그런데 바보들은 금화가 쌓이자 금세 싫증을 내고 여자들에게 목걸이나 만들라고 줘버렸습니다. 처녀들은 땋은 머리에 장식으로 썼고, 아이들은 장난감으로 만들어 놀았습니다. 금화가 충분해지자 사람들은 이제 더는 금화를 얻으려 하지 않았습니다.

멋쟁이 신사는 저택을 절반도 채 짓지 못했고, 일 년 치 곡식도 가축도 마련하지 못했습니다. 그래서 어떤 물건이든 가져오거나, 어떤 종류의 일이든 해주기만 하면 금화를 아주 많이 주겠다고 떠벌렸습니다.

하지만 아무도 일하러 오지 않았고, 물건을 바꾸러 오지도 않았습니다. 정말 아주 가끔, 남자아이나 여자아이가 뛰어와서 달걀 하나를 동전과 바꾸긴 했지만, 그 밖에는 아무도 안 왔기에 먹을 것이 하나도 없었습니다. 몹시 배가 고팠던 멋쟁이 신사는 마을로 가서 뭐든 사 먹으려고 했습니다. 어느 집에 들러 금화를 주고 암탉 한 마리와 바꾸자고 했으나 안주인은 싫다고 했습니다.

"금화 따위는 이제 차고 넘쳐요."

이번에는 가족 없이 혼자 사는 여인의 집에 들러서 청어를 사려고 금화를 내밀었습니다. 그러자 여인이 말했습니다.

"이보세요! 여기서 금화 따위는 아무 짝에도 쓸모없어요. 우리 집에는 그걸 가지고 놀 아이도 없을뿐더러 호기심에 내가 이미 금화를 세 개나 얻어서 가지고 있다고요!"

이번에는 빵을 구하러 어느 농부의 집에 들렀습니다. 농부도 돈을 받으려 하지 않았습니다.

"금화는 필요 없소. 신의 은총을 바란다면 기다려보시오. 아내에게 빵을 한 조각 가져오라고 할 테니."

악마는 바닥에 침을 뱉고는 도망치듯 농부의 집을 나왔습니다. 신의 이름으로 뭔가를 받는 것이 싫었다기보다 그 말을 듣기가 칼날보다 무서웠기 때문이었습니다. 결국, 신사는 빵도 구하지 못했습니다.

사람들은 모두 넘치도록 많은 금화를 가지고 있었습니다. 어디를 가나 아무도 돈을 물건과 바꿔주지 않았고, 모두 똑같이 말했습니다.

"돈 말고 물건을 가져오든가, 일하든가, 아니면 차라리 신의 은총을 빌어 구걸하시오."

하지만 늙은 악마에게 돈 말고는 아무것도 없었고, 일하고 싶지도 않은 데다가 신의 은총에 기대 구걸한다는 것은 있을 수 없는 일이었습니다. 늙은 악마는 화가 머리끝까지 치밀었습니다.

"내가 돈을 준다는데, 다른 뭐가 필요하다는 거야? 금화만 있으면 뭐든지 살 수 있고, 어떤 일이든 시킬 수 있단 말이다."

하지만 바보들은 그 말을 듣지 않았습니다.

"우리한테는 금화가 필요 없어요. 세금을 내지도 않고 사용할 일도 없는데, 왜 그런 게 필요하겠습니까?"

늙은 악마는 저녁도 먹지 못한 채 잠들었습니다.

이 이야기는 바보 이반에게도 들려왔습

니다. 사람들이 그에게 와서 물었습니다.

"어떻게 해야 할까요? 멋쟁이 신사 한 분이 우리 마을에 찾아왔습니다. 잘 먹고 마시기를 좋아하고 옷을 말끔하게 차려 입고 다니는데, 일하지도 않고 신의 은총을 빌어서 얻어먹으려고 하지도 않고, 오로지 우리에게 금화를 주려고만 합니다. 전에는 물건으로 바꿔줬지만, 이젠 우리도 금화가 너무 많아서 더는 필요 없습니다. 그 사람을 어떻게 하면 좋을까요? 굶어 죽지나 않을까 걱정입니다……."

사람들의 말을 듣고 이반이 말했습니다.

"할 수 없지, 그 사람에게 먹을 것을 줘야 할 테니, 양치기처럼 이집 저집 찾아다니게 해라."

별다른 수가 없었기에 늙은 악마는 집집이 돌아다녔고, 그러다 보니 이반의 궁전에 갈 차례가 됐습니다. 늙은 악마가 밥을 얻어먹으러 왔을 때 이반의 궁전에서는 말 못 하는 여동생이 막 점심을 차리던 중이었습니다.

여동생은 그때까지 게으름뱅이들에게 여러 번 속아왔습니다. 그들은 일하지도 않고 남보다 먼저 와서 끓여놓은 죽을 모두 먹어 치웠습니다. 그래서 이젠 손만 봐도 게으름뱅이를 금세 알아볼 수 있게 됐습니다. 손에 굳은살이 박인 사람은 식탁에 앉게 하고, 그렇지 않은 사람은 남이 먹고 남긴 음식을 줬습니다.

늙은 악마가 식탁에 앉았을 때 여동생이 그의 손을 살펴보니 굳은살이라곤 하나도 없이 매끈했고 손톱도 길었습니다. 여동생은 날카롭게 소리치며 악마를 식탁에서 쫓아냈습니다. 이반의 아내가 신사로 변장한 악마에게 말했습니다.

"신사 양반, 너무 불쾌하게 생각하지 마세요. 시누이는 손에 굳은살이 없는 사람은 식탁에 앉지 못하게 한답니다. 거기서 잠시 기다려요. 다른 사람들이 먹고 남긴 음식을 먹을 수 있을 거예요."

늙은 악마는 왕의 궁전에서 돼지 취급을 받으며 남이 먹고 남긴 음식으로 대접받는다고 생각하니 화가 치밀었습니다. 그래서 이반에게 말했습니다.

"모든 사람이 꼭 손으로 일해야만 한다니, 이 나라에는 참으로 한심한 법도 다 있군요! 우둔한 사람이나 그렇게 하는 겁니다. 모든 사람이 손만 써서 일할까요? 똑똑한 사람이 어떻게 일하는지 아십니까?"

그러자 이반이 말했습니다.

"바보들이 어찌 그런 걸 알겠소? 우리는 대부분 허리를 굽히고 손을 써서 일하는 데 힘을 쓴다오."

"그건 여러분이 어리석어서 그런 겁니다. 제가 어떻게 머리를 써서 일하는지 알려드리죠. 그러면 여러분도 손을 써서 일하기보다 머리를 써서 일하는 편이 훨씬 유익하다는 걸 알게 될 겁니다."

이반이 놀라서 말했습니다.

"맙소사, 당신 말을 들어보니 우리를 바보라고 부를 만하군요!"

늙은 악마가 말을 계속했습니다.

"게다가 머리로 일한다는 게 결코 쉬운 일이 아닙니다. 지금 제 손바닥에 굳은살이 없다는 이유로 먹을 걸 안 주시는데, 머리로 일하기가 손으로 일하기보다 백 배는 더 힘들다는 걸, 여러분은 모르고 있어요. 가끔은 머리가 깨질 것 같은 때도 있답니다."

이반이 곰곰이 생각에 잠겼습니다.

"그런데 신사 양반, 당신은 왜 그렇게 자신을 괴롭히는거요? 머리가 깨질 것 같다면, 과연 그게 좋은 일일까요? 차라리 손과 등을 써서 쉬운 일을 하는 편이 낫지 않겠소?"

악마가 대답했습니다.

"제가 스스로 자신을 괴롭히는 것은 바로 여러분 같은 바보들이 불쌍해서 그러는 겁니다. 만약 제가 자신을 괴롭히지 않는다면, 여러분은 평생 바보로 살겠죠. 전 항상 머리로 일해왔고, 이제 여러분에게 그걸 가르쳐주려고 하는 겁니다."

이반이 매우 놀라워하며 말했습니다.

"그럼, 어디 한번 가르쳐보시오. 손이 힘들 때는 머리로 일하면서 손이 쉴 수 있게 말이오."

악마는 가르쳐주겠다고 약속했습니다. 이반은 온 나라에 알리기를, 멋쟁이 신사 한 사람이 와서 머리로 일하는 방법을 알려준다고 하고, 머리를 쓰면 손보다 더 많은 일을 할 수 있다고 하니, 모두 모여서 배우라고 했습니다.

이반의 왕국에는 화재를 감시하는 높은 탑이 있었습니다. 거기에 반듯한 사다리가 놓이고, 위쪽에 연단이 세워졌습니다. 이반은 신사를 그곳으로 데려가 모든 사람이 볼 수 있게 했습니다. 신사는 탑에 올라가 말하기 시작했습니다. 바보들이 그를 보려고 몰려들었습니다. 신사가 손이 아니라 머리를 써서 일하는 방법을 알려주리라 기대했던 거죠. 하지만 늙은 악마는 어떻게 하면 일하지 않고도 살아갈 수 있을지를 이야기할 뿐이었습니다.

바보들은 아무것도 이해할 수 없었습니다. 잠시 신사의 말에 귀 기울이다가 각자 자기 일을 하러 가버렸습니다. 늙은 악마만이 남아 온종일 높은 탑 위에 있었고, 그다음 날도 거기에 있었지만, 그가 한 일이라고는 입을 놀려 말하고 또 말하는 것뿐이었습니다. 악마는 배가 고팠습니다. 하지만 바보들은 탑 위에 있는 그에게 먹을 것을 가져다줘야 한다는 생각조차 하지 못했습니다. 바보들은 손보다 머리로 일을 더 잘할 수 있다면, 머리로 간단히 빵을 만들 수 있으리라 생각했던 것입니다. 그다음 날에도 늙은 악마는 단 위에서 쉬지 않고 말하고 또 말했습니다. 사람들은 가까이 다가와서 잠시 듣다가는 곧 떠났습니다. 이반은 이따금 물었습니다.

"신사가 머리로 일하기 시작했나?"
"아니요, 아직도 말만 지껄일 뿐, 아무것도 하지 않고 있습니다."

또 하루가 지나도 늙은 악마는 연단 위에 서 있었고, 점점 쇠약해졌습니다. 그러다가 악마는 넘어질 듯이 비틀거리다가 머리를 탑의 기둥에 부딪히고 말았습니다. 한 바보가 그 장면을 보고는 이반의 아내에게 가서 말했고, 아내는 남편을 부르러 밭으로 뛰어갔습니다.

"갑시다. 그 신사가 드디어 머리로 일하기 시작했다는데, 한번 가서 보자고요."

이반은 깜짝 놀랐습니다.

"그게 정말이오?"

레프 톨스토이

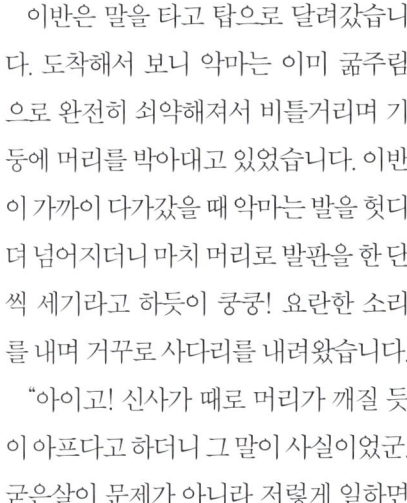

이반은 말을 타고 탑으로 달려갔습니다. 도착해서 보니 악마는 이미 굶주림으로 완전히 쇠약해져서 비틀거리며 기둥에 머리를 박아대고 있었습니다. 이반이 가까이 다가갔을 때 악마는 발을 헛디뎌 넘어지더니 마치 머리로 발판을 한 단씩 세기라고 하듯이 쿵쿵! 요란한 소리를 내며 거꾸로 사다리를 내려왔습니다.

"아이고! 신사가 때로 머리가 깨질 듯이 아프다고 하더니 그 말이 사실이었군. 굳은살이 문제가 아니라 저렇게 일하면 머리에 혹이 생기고 말겠어!"

늙은 악마는 결국 사다리에서 굴러떨어져 땅에 머리를 처박고 말았습니다. 이반은 그가 머리로 일을 얼마나 많이 했는지 보려고 가까이 다가갔습니다. 그때 갑자기 땅이 갈라지더니 늙은 악마가 그 속으로 떨어지고 그 자리에는 작은 구멍만이 남았습니다. 이반은 머리를 긁적이며 말했습니다.

"저 구역질나는 녀석! 또 그놈이었구나! 덩치를 보니 이번에는 그 녀석들의 아비였던 게 분명해."

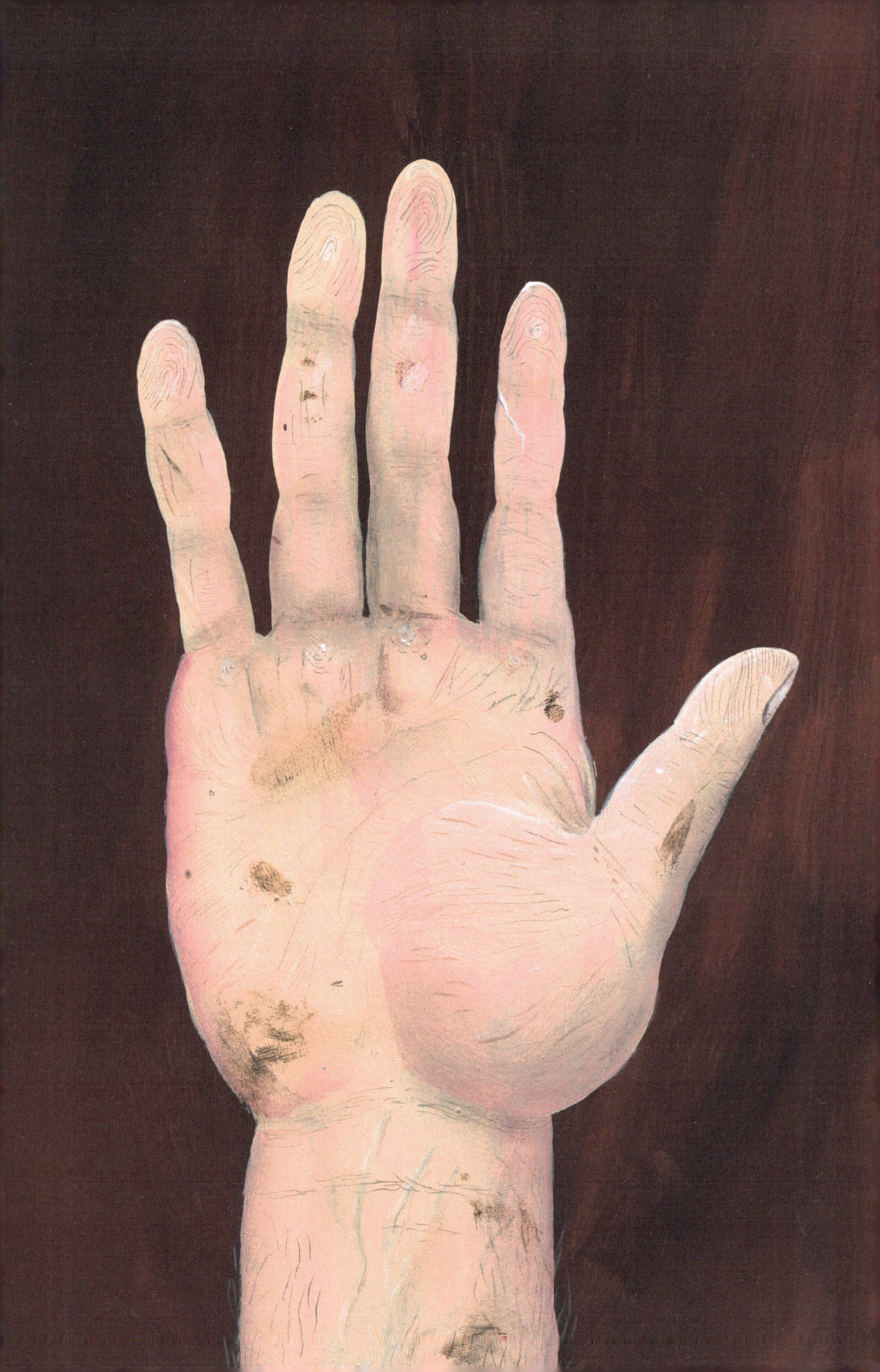

XIII

이반은 오늘날에도 여전히 살아 있고 모든 사람이 그의 나라로 찾아가고 있습니다. 그에게로 온 두 형제도 이반이 먹여 살리고 있습니다. 누구든지 와서 "저에게 먹을 것을 좀 주세요."라고 말하면 이렇게 대답합니다.

"좋아요. 여기서 사세요. 우리에게는 뭐든지 많이 있으니까요."

그러나 이 나라에는 단 하나의 관습이 있는데, 그것은 손에 굳은살이 박여 있는 사람은 식탁에 앉을 수 있지만, 그렇지 않은 사람은 남이 먹다 남긴 찌꺼기를 먹어야 한다는 것입니다.

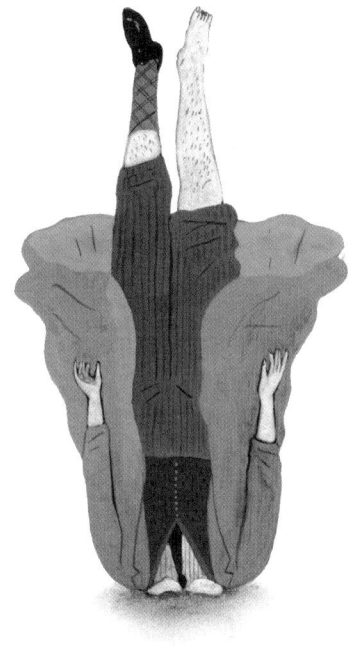

옮긴이 곽나연

홍익대학교 건축학과를 졸업하고, 프랑스 마른라발레 건축학교에서 석사학위와 건축사를 취득하였다. 파리 8대학에서 철학석사 과정을 수료하였고, 이후 스페인 마드리드 건축대학에서 건축이론 분야의 박사과정을 수료하였다. 현재는 건축사사무소 마딤의 대표 건축가이자 번역가로 활발히 활동하고 있으며, 충북대학교 건축학과에 출강 중이다. 다양한 분야의 서적을 접하고 소개하는 일에 관심이 많다.

© 2019, Libros del Zorro Rojo
© 2019, Ilustrations by Guillermo Decurgez (Decur)
Ivan el Tonto was originally published in Spanish by Libros del Zorro Rojo, 2019.
© 2021, Esoope Publishing Co.
이 책의 한국어판 저작권은 이카리아스 에이전시를 통해 Libros del Zorro Rojo와 독점 계약한 도서출판 이숲에 있습니다. 저작권법에 의하여 한국 내에서 보호를 받는 저작물이므로 무단전재와 복제를 금합니다.

바보 이반

1판 1쇄 발행일 2021년 6월 30일
지은이 | 레프 톨스토이
그린이 | 기예르모 데쿠르헤즈
옮긴이 | 곽나연
펴낸이 | 김문영
펴낸곳 | 이숲
등록 | 2008년 3월 28일 제301-2008-086호
주소 | 경기도 파주시 책향기로 320, 2-206
전화 | 02-2235-5580
팩스 | 02-6442-5581
홈페이지 | http://www.esoope.com
페이스북 | facebook.com/EsoopPublishing
Email | esoope@naver.com
ISBN | 979-11-91131-16-1 07890
ⓒ 이숲, 2021, printed in Korea.